T0045472

Bananas, de allí para acá

Lada Josefa Kratky

NATIONAL GEOGRAPHIC LEARNING | CENGAGE Learning®

La banana es una fruta fabulosa. Es sana y rica. En la mata, la banana está en un **racimo**, con muchas otras bananas.

La mata se llama un **banano**. Cada banano tiene muchos racimos. ¡Y hay muchos bananos en un bananal!

La banana nace en el campo. Tiene que llegar del campo a la mesa, ¡y a la boca!

El racimo se lleva del campo al mercado. A veces se lleva en bici. No es fácil. Hay que ser forzudo, porque los racimos son muy pesados.

A veces, búfalos llevan carretas llenas al mercado. Si hay un río, las bananas van en bote o en canoa.

A veces, las bananas van en camión o por ferrocarril. Si tienen que ir muy lejos, las bananas van en barco.

De una forma u otra, la banana llega por fin a casa. Se usa en batidos, o se come así no más. ¡Es una fruta fabulosa! ¿Te gusta?